ACADÉMIE DES BELLES-LETTRES, SCIENCES ET ARTS

DE LA ROCHELLE

COMPTE-RENDU

DU CONCOURS DE POÉSIE

DE 1872

LA ROCHELLE

TYP. DE A. SIRET, PLACE DE L'HOTEL-DE-VILLE, 3

MDCCCLXXII

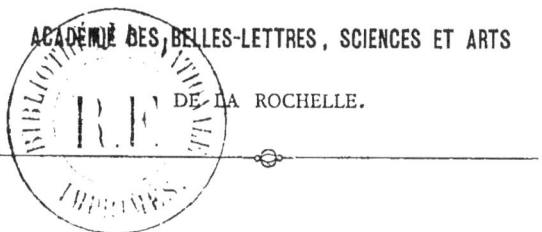

ACADÉMIE DES BELLES-LETTRES, SCIENCES ET ARTS

DE LA ROCHELLE.

CONCOURS DE POÉSIE

DE 1872.

RAPPORT.

MESDAMES, MESSIEURS,

Je ne saurais vous rendre compte de notre concours de poésie, sans consacrer mes premières paroles à la mémoire des deux poëtes que l'Académie de la Rochelle a perdus en cette période si triste qui vient de s'écouler. Il serait superflu de vous dire les regrets que nous avons ressentis en les voyant l'un après l'autre disparaître. Leur talent et leurs œuvres vous étaient connus. Tous deux avaient lu devant vous, à nos séances publiques,

quelques-unes de leurs plus gracieuses productions.
Tous, comme nous, vous aviez pu apprécier leur
mérite littéraire ; tous, comme nous", vous aimiez
à entendre ces deux voix sympathiques : Hippolyte
Viault et Gaston Romieux.

S'il fallait ici, messieurs, analyser en quelques
mots deux talents si divers, j'aimerais à vous montrer ces deux hommes, ces deux amis, dans leur
manière de composer leurs ouvrages.

Celui-là, ouvrier patient et habile, soumettant
à un incessant labeur le premier jet de son inspiration. Vous le rencontriez, pensif, le long des
quais ou sous nos arcades : il poursuivait une
rime, il remaniait un vers, il livrait, acharné,
la rude bataille des mots.

Celui-ci, au contraire, fils gâté de la Muse,
semblait écrire comme il pensait — sans peine.
Enfermé, tout un jour, dans son poële, comme
disaient nos pères, il écoutait son cœur qui lui
dictait ses meilleures œuvres ; tout ce qui était
choc répugnait à ce doux poëte, c'était du premier coup qu'il réussissait ; s'il manquait d'abord,
l'obstination ne faisait que lui nuire, et c'est de
lui surtout qu'on eût pu dire avec le satirique
Régnier :

Les nonchalances sont ses plus grands artifices.

M. Romieux était, vous le savez, Messieurs,
secrétaire-général de notre Académie, et, en cette
qualité, jouissait du privilège de vous entretenir
des résultats de nos concours poétiques. Il en est
un — le dernier qui fut ouvert par lui — dont il
n'eut pas à vous rendre compte. En 1870, la
Section littéraire, qui jusque-là avait laissé toute
liberté d'inspiration aux concurrents-poëtes, im-
posa pour sujet de composition en vers une de nos
légendes rochelaises, la légende d'Aufrédi. De
plus, se trouvant en fond de médailles, par suite
des réserves des années précédentes, elle crut
devoir tenter les écrivains en prose en proposant
une récompense à la meilleure étude critique sur
ce sujet : « Variations du thème poétique *le Prin
temps* aux différents âges de la poésie française. »
Il s'agissait de montrer ce thème si cher aux
poëtes de tous les pays et de toutes les époques —
la description du printemps, — qu'on trouve déjà
fort agréablement traité au xiii⁰ siècle par Thibault
de Champagne et les auteurs du Roman de la Rose,
se transformant selon les mœurs et les siècles :
copie ingénieuse de l'antiquité païenne, chez les

poëtes de la Renaissance ; froide et solennelle composition qu'on dirait inspirée des jardins de Versailles, durant le règne du Roi-Soleil ; pastel badin, sous la Pompadour, rappelant Trianon et ses annexes ; devenant enfin, après J.-J. Rousseau et Bernardin de Saint-Pierre, le grandiose tableau qu'ont tour-à-tour essayé nos modernes, vivante peinture où se trouvent en présence, éclairées l'une par l'autre, l'œuvre de Dieu et l'âme humaine.

Fut-ce à cause de la gêne des sujets imposés, ou (ce qui est plus probable) par suite des épreuves douloureuses que le pays eut à traverser, toujours est-il qu'aucun des deux concours ne réussit. Personne ne répondit à la question en prose. Six poëtes seulement célébrèrent Aufrédi. C'était l'insuffisance du nombre et en même temps, chose plus grave, l'insuffisance de là qualité. Aussi, quand, le calme revenu, la Section littéraire reprit ses séances et ses travaux, nous n'eûmes pas le courage de poursuivre l'idée qui avait eu si peu de succès ; nous nous décidâmes à regarder nos deux concours à sujets imposés comme non avenus, et à recommencer sur de nouveaux frais.

Un concours fut ouvert où liberté entière était

laissée aux poëtes pour le choix des sujets. C'était au mois d'août de la présente année ; le concours devait être clos le 1ᵉʳ octobre. Il y avait certes lieu de craindre qu'en si peu de temps le nombre des lutteurs fût peu considérable. Et cependant, messieurs, jamais l'Académie de la Rochelle ne vit venir à elle une telle abondance de poëtes. Nos luttes les plus brillantes avaient jusqu'à présent compté en lice de vingt-cinq à trente-deux ouvrages. Cette année, cent soixante-neuf morceaux différents nous sont parvenus. Onze d'entre eux, il est vrai, ont dû être écartés tout d'abord, l'un comme non inédit, les dix autres parce que leurs auteurs avaient eu le tort de se faire connaître. Mais il n'en est pas moins resté dans la carrière le chiffre respectable de cent cinquante-huit pièces. Et ce qu'il y a de plus encourageant c'est que le nombre n'a pas seul augmenté. Le mérite des œuvres — au moins des premières — est aussi plus grand ; si bien que nous avons dû nous résigner à laisser dans l'ombre des morceaux qui, en des années moins fertiles, eussent réuni, à coup sûr, nos suffrages.

De ce nombre, les trois pièces qui ont pour titre : *Conjuration.* — *Déception.* — *Au Renouveau.*

Cette dernière surtout fut d'abord remarquée et est, en effet, des plus remarquables. Le sujet est l'éternel thème dont nous parlions tout-à-l'heure : le Printemps. « Tout respire, » s'écrie le poëte,

> Tout respire l'accord des êtres et des choses ;
> Un grand apaisement sort de l'œuvre de Dieu.
>
> Ah ! pauvre cœur atteint de la folie humaine ,
> Dévoré des ardeurs de l'âpre passion ,
> Triste esclave d'orgueil , martyr d'ambition ,
> Viens ici t'affranchir et d'envie et de haine.
>
> Le calme universel t'invite... etc...

Voilà certes un beau mouvement, direz-vous, et cependant je ne répondrais pas que ce ne soit précisément ce passage qui n'ait le plus nui au succès de l'œuvre. Chacun de nous, en l'écoutant, se récitait tout bas les vers de Lamartine :

> Mais la nature est là qui t'invite et qui t'aime ;
> Plonge-toi dans son sein qu'elle t'ouvre toujours...
> Quand tout change pour toi , la nature est la même ,
> Et le même soleil se lève sur tes jours.

Toute la première partie de cette pièce du Renouveau manque ainsi d'originalité un peu plus peut-être qu'il n'est permis. Ce n'est que vers la fin que l'auteur se relève et redevient vraiment lui-même. « Tu ris de nos fureurs sans raison et sans frein, » dit-il à la nature ;

> Tu puises dans l'amas des races disparues
> Ton rajeunissement ! — La camarde sans yeux
> Te livre tour-à-tour les héros et les gueux,
> Dont la chair et les os font tes forces accrues.
>
> Et, s'il est une plaine où la sève s'endort,
> Si la mousse verdit seule autour de la mare,
> Si l'herbe de la lande est languissante et rare,
> C'est qu'il y manque un tertre élevé par la mort.
>
> Entr'égorgez-vous donc, courez à vos tueries,
> Fils d'Adam, qui trouvez le monde étroit pour vous ;
> Tombez en rangs pressés, peuples fiers et jaloux,
> Des flots de votre sang arrosez les prairies ;
>
> Couchez-vous par milliers, roides, les flancs ouverts,
> Pour que l'humus s'échauffe et s'engraisse plus vite,
> Et qu'avec plus d'éclat croisse la marguerite
> Au milieu des gazons plus épais et plus verts !

Ces beaux vers, qui terminent le poëme, n'ont pu le sauver.

De même une grande douceur de versification, l'heureux choix d'un rhythme essentiellement musical ne nous ont pas paru suffisamment compenser le défaut d'intérêt, l'absence d'invention, aussi bien dans le fond que dans les détails , d'une élégante piécette intitulée *Prima-Vera*.

En voici , comme spécimen , quelques strophes aussi gracieuses que peu nouvelles :

Le printemps a sur nous secoué sa corbeille ;
De perles d'argent s'émaillent les prés ;
Sur les frais lilas butine l'abeille ;
Le ruisseau se plaint aux sables nacrés.

Le corps jaune et vert de la demoiselle
Courbe en frissonnant les jeunes roseaux ;
Dans son vol léger la jeune hirondelle
Ride en se jouant le miroir des eaux.

Dans les bois ombreux le rossignol chante ;
Tapi dans les blés , le sombre grillon
Mêle au doux concert sa note stridente,
De l'hymne d'amour joyeux carillon.

Le merle moqueur siffle dans la haie,
La grive babille au bord du chemin ,
Et les amoureux vont dans la futaie ,
Le regard voilé, la main dans la main.

Prima-Vera , c'est encore une description du printemps. Il était inévitable , en effet , que parmi tant d'œuvres venues de tant de pays , — car non seulement la France, mais l'Algérie, l'Italie, l'Angleterre nous ont fourni leur contingent , — il ne s'en rencontrât pas quelques-unes qui eussent entre elles des points de ressemblance , qui pussent être classées dans la même catégorie.

C'est ainsi que les pièces intitulées : *L'Ange et le Poëte* , *Le Poëte et l'Exilé* , *Le Rêveur et l'Orphelin*, *La Voix de la Muse*, procèdent toutes d'une même inspiration, sont toutes taillées sur un même modèle : les dialogues des Nuits d'Alfred de Musset. La dernière surtout de ces quatre pièces , *La Voix de la Muse*, témoigne d'une connaissance approfondie de la forme du maître. Mais ces sortes d'ouvrages , on le comprend , ne sauraient être rangés bien haut. Ils sont comme ces copies qu'on fait faire aux élèves dans les classes de dessin. Tant bonne soit la copie , tant habile soit l'élève , la moindre ébauche un peu originale vaut mieux.

Ce n'est plus des Nuits, mais d'un autre poëme du même maître , il me semble , que procède un cinquième dialogue intitulé : *les Champs et les Camps*. On se rappelle la délicieuse idylle de Musset, où deux jeunes gens, Albert et Rodolphe, célèbrent leurs amours en couplets alternés. Dans notre pièce *des Champs et des Camps* , Sylvestre et Martial, celui-ci berger, l'autre soldat — et leurs noms seuls indiqueraient au besoin leur caractère

— chantent tour à tour les charmes de leur pro-
fession. L'influence du poëte qu'on a appelé l'enfant
du siècle est là encore un peu trop visible, un peu
trop directe, et le sujet choisi par l'auteur n'a pas,
il faut l'avouer, une nouveauté suffisante pour ra-
cheter cet inconvénient.

La famille — comme diraient nos collègues de la
Section des sciences naturelles — la famille la plus
nombreuse parmi tous ces poëmes qui nous sont
parvenus, est, ainsi qu'il fallait, hélas ! s'y attendre,
celle des pièces où sont déplorés nos récents dé-
sastres. Elles forment à elles seules un cinquième
du concours.

« Il vaudrait mieux, dit celui-ci, courber le front
sous nos défaites, et par un beau silence accueillir
nos malheurs ! »

> O muse ! gardons le silence !
> Il n'est pas l'heure de parler,

dit un autre. — Et ils parlent tous ! Les malheu-
reux ! qu'ils chantent donc les fleurettes printa-
nières ! Oui, rimeurs, mes confrères, célébrons
tant qu'il nous plaît cette nature qui, au moins,
ne peut nous entendre ; inondons de nos vers
médiocres ce soleil impassible qui, depuis le com-

mencement des siècles, « verse des torrents de
lumière sur ses obscurs blasphémateurs. » Mais
respectons la France, dans ses jours de misère
plus encore que dans ses jours de gloire ; pleurons
en prose, s'il faut pleurer, et gardons-nous d'a-
dresser jamais, sous prétexte que nous sommes
poëtes, de fades imitations, de froids pastiches, de
prétentieuses banalités à celle qui fut la mère des
Corneille, des Racine, des Melière, des La Fon-
taine, des Chénier, des Musset, des Lamartine,
des Victor Hugo.

Parmi les trente-quatre pièces dont nos revers
ont fourni le sujet, trois seulement ont des qualités
qui nous ont paru dignes de votre attention. L'une
a pour titre : *A quelques femmes de France*, et
bien que l'auteur nous en soit inconnu, nous sup-
posons qu'une femme seule a pu oser écrire :

> « Femmes, vous avez part à cette immense honte,
> Vous qui deviez veiller au destin des berceaux !
> Femmes, vous le rendrez ce redoutable compte
> Des pasteurs négligents qui perdent leurs troupeaux !
> Dieu, vous donnant des fils, des époux et des frères,
> La tâche et le bonheur, le droit et le devoir,
> Ouvrait à vos regards un livre aux lois austères,
>   Qu'ils n'ont pas voulu voir. »

De ce poëme on peut dire, en détournant un peu le sens du mot du fabuliste : « C'est le fond qui manque le moins. » Ce qui manque le plus c'est la forme, le style, souvent obscur, parfois incorrect, toujours trop peu énergique pour l'idée.

Cette énergie que nous réclamons et qui fait ici défaut, une autre pièce, intitulée *Patria*, nous en offre, au contraire, l'excès. On l'a dit, hélas ! le ridicule est voisin du sublime. Dangereux voisinage, dont ne s'est pas toujours assez défié notre jeune poëte, — car il est jeune, tout nous le fait croire : ses qualités trahissent la jeunesse, et ses défauts, l'inexpérience. Icare avait vingt ans quand il brûla ses ailes. — Deux ou trois passages de ce poëme de *Patria* sont d'une réelle beauté : l'un, entre autres, où l'auteur oppose la paix glorieuse, la paix du triomphe, à celle que nous avons été contraints de subir, et fait de cette dernière une vigoureuse et navrante peinture dans laquelle il nous montre,

> . . . . au fond d'un rêve prophétique,
> Les carnages futurs fumant à l'horizon.

Voici encore, il me semble, une suite de strophes d'un beau mouvement ; d'une fière allure :

Je ne peux pas pleurer avec des larmes lentes ,
Enfermer ma fureur dans un stérile vœu ;
J'ai le cœur trop'gonflé, j'ai l'âme trop brûlante. (?)
L'homme ne pleure pas de la façon qu'il veut.

Et si Dieu me disait : « Poète aux lèvres neuves ,
» Je t'offre tous les luths que l'homme doit vanter ;
» Voici les doux chanteurs qui vivent sans épreuves ;
» Voici les penseurs forts qui meurent de chanter ;

» Voici les éternels adulateurs des princes ,
» Qui s'endorment , repus de tous les biens saisis ;
»' Et ceux que le martyre a broyés dans ses pinces ,
» Qui sont grands par la haine et l'audace : — Choisis ; »

Je prendrais dans mes doigts crispés l'archet du Dante ,
Et sur nos fiers vainqueurs pesant de mes deux mains ,
Secouant sur leur front mon auréole ardente ,
Je remplirais leurs nuits de mes cris inhumains ;

Je porterais avec délices la souffrance
Et la terreur au fond de leurs cœurs ébahis ;
Car je les hais autant qu'on doit chérir la France ;
Je les déteste autant que j'aime mon pays.

Assurément ces vers sont loin d'être parfaits ; mais
ils ont le souffle, ce je ne sais quoi qu'on nomme
le feu sacré, et le poëme dont ils font partie , tout
inégal , tout bizarre , tout incomplet qu'il soit
comme œuvre , nous a semblé au moins une brillante promesse.

De la troisième des œuvres à signaler dans cette

triste foule de nos pièces soi-disant patriotiques, je
ne vous dirai rien pour le moment ; nous la retrou-
verons tout à l'heure, car elle est une de celles que
nous avons jugées dignes de nos récompenses. Mais
avant d'aborder cette série des victorieux, permet-
tez-moi, mesdames, messieurs, de m'arrêter un
instant encore à quelques autres ouvrages dont la
défaite n'a pas été sans gloire.

Parmi eux, je dois citer tout d'abord la pièce qui
a pour titre : *l'Alouette, symbole de la liberté*. De
beaux vers çà et là, des strophes sonores et vi-
brantes nous avaient, à une première lecture, telle-
ment frappés que quelques-uns de nous n'étaient
pas loin de se faire les champions du poëme. Cette
exaltation tomba vite. Un examen plus mûr nous
montra clairement que ce qui nous avait paru
d'abord une réalité n'était qu'une ombre. Prise,
ici comme symbole, là comme être vivant, l'alouette
dont il s'agit nous promène à travers les disparates
et les surprises les plus étranges. Nous la voyons,
tantôt « allant de branche en branche, du chêne à
l'aubépine blanche, » tantôt elle s'élance « de la
touffe en fleurs, » tantôt « s'envole du milieu des
blés, » puis tout à coup, par la plus hardie des
métamorphoses,

> Sur la haute branche de l'orme ,
> Elle célèbre la Réforme ,
> Voltaire et Jean-Jacques Rousseau ;
> De Desmoulins prenant la plume ,
> Elle remplit tout un volume
> Des splendeurs du soleil nouveau.

Que de jolies choses, pourtant, que de belles choses il semble qu'on eût pu écrire sur cet emblème si fin et si bien trouvé : l'alouette gauloise !

De la Gaule jusqu'aux Indes, il n'y a qu'un pas... en poésie. Voici une pièce qui a pour titre : *Brahma*. Un esprit exilé du ciel par le dieu indien doit lui rapporter, pour obtenir son pardon, un trésor capable de l'apaiser. Il rapporte successivement diverses offrandes ; une seule, le repentir, lui vaut sa grâce. La marche du poëme est assez ingénieuse. Les stances vont deux à deux, deux stances pour une offrande , et chaque seconde stance se termine par ces vers :

> Ce trésor , dit-il , le voilà !
> — Non, pas encor, répond Brahma.

L'effet ne manque pas d'une certaine grandeur ; mais l'expression fait le plus souvent défaut.

Même reproche à la pièce intitulée : *A un petit*

caillou des Pyrénées. Les vers y sont faciles, mais trop faciles peut-être. L'auteur, trop sûr de lui, aura laissé courir sa plume ; et il est à croire décidément que les plumes courent mal toutes seules, qu'il vaut mieux les guider un peu.

Je n'ai plus, messieurs, pour terminer ce compte-rendu, qu'à vous parler brièvement des cinq poëmes auxquels ont été attribuées nos médailles. Vous les entendrez lire, vous les pourrez juger : une longue analyse serait donc inutile ; consacrons-leur seulement quelques mots.

Et d'abord — à tout seigneur tout honneur — le poëme ou mieux la série de poëmes compris sous le titre de *Varia.* Quelques-uns des juges reculaient, il faut l'avouer, devant cette idée de couronner, non plus une pièce, mais tout un recueil. — C'était, disaient-ils, créer un précédent fâcheux. Au concours prochain, les recueils allaient nous tomber dru comme grêle. Puis le beau mérite d'obtenir le prix avec une telle variété d'œuvres. Il n'y a poëte si faible qui n'ait son heure de verve, recueil si pâle qui n'ait sa pièce brillante. Celui-ci entre en lutte avec toute son œuvre ; ceux-là n'ont seulement qu'un fragment de la leur : la partie n'est pas égale. — Ces objec-

tions nous firent hésiter, et lorsque vint le jour
d'attribuer les médailles, on avait réfléchi : c'était
sur chaque pièce considérée isolément et non plus
formant un ensemble qu'on entendait voter. Le
premier qui vota se prononça pour *les Emigrants ;*
d'autres donnèrent la palme à *la Dixième Muse,*
d'autres enfin au poëme *Écrit en pleine nature.*
On se divisait donc, mais sur trois pièces seulement. Or, savez-vous ce qu'étaient ces trois pièces ?
Toutes trois faisaient partie du recueil *Varia.* Il
n'y avait plus qu'un moyen de s'accorder : couronner le recueil lui-même. C'est ce que nous
fîmes, et c'est bien au recueil tout entier que
nous entendons décerner notre récompense. Une
fois n'est pas coutume, et d'ailleurs que crain-
drions-nous ? Ils sont rares les poëtes qui [pour-
raient nous causer de nouveau pareil embarras.
Car, que l'on prenne l'ensemble ou que l'on
considère chaque morceau détaché, ce recueil
de *Varia* est l'œuvre d'un vrai poëte, qui joint
à la vigueur ou à la grâce de l'idée l'ampleur du
souffle et la pureté de la forme. C'est tout ce que
j'en puis dire.

Un conte délicieux, un chef-d'œuvre en son
genre, *l'Étudiant et le Gnôme,* réunit tous les

suffrages pour le second rang. Qui sait ? peut-être eût-il obtenu le premier, si nous n'avions songé à temps que la verve et l'esprit, la narration facile, la science de la facture, le bonheur des détails et du rhythme pouvaient bien faire d'un conte le plus charmant des contes, mais non pas faire du genre lui même le plus haut des genres en poésie.

D'un genre plus haut peut-être, mais d'une exécution assurément de beaucoup inférieure, la pièce intitulée *le Maçon* vient la troisième dans l'ordre de nos récompenses. Ici, nous n'avons plus un poëme complet à proprement parler, mais plutôt d'excellentes parties de poëme. Tantôt un passage gracieux, tantôt une page émouvante, jolis détails, effet dramatique, c'est bien là certes de quoi nous consoler ; mais l'auteur, qui est jeune, se laisse trop aller à son inspiration première. On le croit déjà loin : il revient sur ses pas ; il dit les choses deux fois ; il prolonge à plaisir son exorde, il accumule les mêmes détails, il oublie que ce qui a été exprimé heureusement une fois ne gagne rien à être répété.

Deux mots seulement sur nos dernières pièces. L'une, qui est précisément ce poëme patriotique

que nous avons tout-à-l'heure réservé , a pour titre : *Un Rêve*. Ici encore on doit signaler un grave défaut de composition : le manque d'unité. On croit la pièce finie : une autre pièce commence , et l'on dirait une œuvre depuis longtemps achevée , à laquelle le poëte a tant bien que mal cousu vingt derniers vers pour en faire une œuvre de circonstance. C'est là ce qui a empêché l'auteur de ce beau poëme de monter au rang que lui auraient valu , sans aucun doute , sa vigueur de facture et de style et l'effet saisissant de son idée première.

La pièce *Loin du Pays* , qui a obtenu notre dernière récompense , ne pouvait guère lutter , vu son exiguïté et son allure légère , avec les quatre poëmes dont il vient d'être question. Nous l'avons couronnée cependant , séduits , comme malgré nous , par la mélancolie du tableau qu'a voulu peindre l'auteur , par la note attendrie qui règne d'un bout à l'autre de sa douce chansonnette.

Telles sont , mesdames , messieurs , dans ce nombreux concours , les œuvres que nous avons jugées les meilleures entre toutes.

En conséquence , la Section littéraire de l'Académie de la Rochelle a décerné :

La Médaille d'or, prix du concours, à M. Georges

Boutelleau de Barbezieux , auteur de la série de poëmes compris sous le titre de *Varia.*

La Section littéraire a en outre accordé :

— Une première mention très-honorable , inscrite sur médaille d'argent (grand module) à M. Busquet , proviseur du Lycée de Toulouse , auteur du conte intitulé : *l'Étudiant et le Gnôme.*

— Une deuxième mention très-honorable , inscrite sur médaille d'argent, à M. Alexandre Vincent, de Niort , auteur du poëme qui a pour titre : *Le Maçon.*

— Une première mention honorable inscrite sur médaille de bronze (grand module) à M. Henri Brière, commis des Douanes, à La Guistière (Vendée), auteur du poëme qui a pour titre : *Un rêve.*

— Une deuxième mention honorable , inscrite sur médaille de bronze, à M. Alexandre Piédagnel, homme de lettres à Paris , auteur de la pièce intitulée : *Loin du Pays.*

Ces différents ouvrages vont vous être lus tout à l'heure.

PAUL GAUDIN.

La Rochelle. — Typ. A. SIRET.

www.ingramcontent.com/pod-product-compliance
Lightning Source LLC
Chambersburg PA
CBHW061734180626
46818CB00006B/2609